기풍아, 밥 먹었니

기풍아, 밥 먹었니

안기풍
시집

도서출판 북인

시인의 말

나무가 꽃을 피우기까지
산이 숲을 이루기까지

봄 여름 가을 겨울
묵묵히 견뎌낸 시간

해 뜨기 전 깜깜한 새벽
밝은 태양을 기다리는 시간

시간이라는
거대한 병풍을
세상에 펼쳐본다
나의 시작詩作을

2023년 12월
안기풍

차례

2부

3부

4부

1부

초여름 밤

어스름한 저녁
동쪽에 보름달 떴다

반짝반짝
하나둘
정원 등불이 켜진다

긴 호스 들고
갓 피어난
빨간 양귀비꽃에게
물을 준다

서로 외롭지 않은
초여름 밤

시원한
물줄기가 즐겁다

작약꽃

비바람에 다칠까
세워주었던 지지대

세찬 비바람에
작약 너는 쓰러졌다

물로 씻기고
새로운 지지대를 세워주었다

정원에서
가장 돋보이는
꽃이 되었다

밤에 꽃들은

나는 이불을
덮고 자는데

꽃들도
잠을 자는가

이슬을 덮고 자는
꽃들은 춥지 않을까

아침에
먼저 눈 뜨고
환하게 반겨주는
정원의 꽃들

하얀 작약꽃

아침에 만나는
하얗게 웃는 작약꽃

나를 유혹한다

붉은 노을이 내릴 때
다시 한번
나를 유혹한다

마음이 흔들린다

꽃대궐 솔의 정원

양주 꽃시장에서
솔의 정원으로 시집온 봄 식구들

담장을 장식할 미니장미
도도함의 상징 겹작약
허리 굽은 할미꽃
향기의 여왕 백합

옛날 선비들 집에
심었다는 모과나무
나는 네가 제일 좋다,
다른 나무들이 샘낼까봐
속으로만 말한다

젊은 시절 가보았던
사장님댁 정원이 부럽지 않다

누구도 출입할 수 없었던
사장님댁 정원

누구나 출입할 수 있는
꽃대궐 솔의 정원

나비와 시인

정원에서 춤추는 나비
시인을 홀린다

나비는 하늘을 날고
시인은 날갯짓 한다

나비는 꽃을 부르고
시인은 시를 부른다

바람 따라
시詩 구절이 날아간다

봄비

봄비 맞더니
화사하게 핀 벚꽃
안녕이란 말도 없이
떠나버리고
초록 잎새들이 놀러 왔다

꽃에게 고백함

가까이 가면
향기에 취한다

같이 있고 싶다
사랑한다고 말하고 싶다

잡초들도 향기에 반해
곁으로 온다

사랑 꽃 주변 잡초
모두 뽑아버린다

나만 사랑해달라고
꽃에게 고백한다

꽃 바람둥이

오늘은 스칼릿
내일은 안젤라

매일 만나도
둘이 다 너무 좋다

장뇌삼 묘목

솔의 정원 여기저기
장뇌삼 묘목을 심는다

꽃 속에 숨겨 심고
떨어진 솔잎 속에도 숨겨둔다

삼백오십 평 정원
곳곳에 심어둔다

"심 봤다!"
"심 봤다!"

매일 보물찾기할 날이
기다려진다

백합꽃 마중

일주일 만에 돌아온 집
백합꽃이 나를 반긴다

백합꽃 향기를 맡으며
집이 주는 편안함에 빠진다

진한 향기로
주인의 귀가를 환영한다

잡초를 뽑아주며
먼 이국 이야기 들려준다

혼자 있고 싶을 때

애룡호수 바라보며
의자에 앉아 멍때린다

호명산 수리부엉이도
함께 멍때린다

잉어 한 마리
힘차게 튀어오른다

혼자 있고 싶은데
나는
혼자 있고 싶은데

외로움

어릿광대 웃음으로
웃고 떠들어도
마음에는 외로움뿐

둘이어도 셋이어도
혼자 가는
인생길

내 안에 남은 것은
휑—
지나가는 겨울바람

해바라기

태양만 바라보다
고개 숙인 해바라기

남은 미련 버리지 못해
노란 웃음 짓고 있다

꿈을 좇아가던
내 인생과 닮았다

코스모스

수녀님의 정원에는
빨간 코스모스가
흐드러지게 피었다

하늘을 향해
춤을 추듯 흔들린다

바람에 흔들리는
코스모스

하나님을 향해
기도하듯이
바람에 흔들리며
하늘을 향해 기도한다

코스모스를 바라보며
수녀님을 떠올린다

코스모스는
수녀님의 기도와 닮았다

빨간 코스모스 꽃말
'희망'처럼
가을을 풍요롭게 한다

장미의 계절

누가 오월을
장미의 계절이라고 했는가

칠월 장미는
피기도 전에 잊혀진 꽃이 된다

일년 내내
활짝 웃는 장미정원을 보고 싶다

오늘도 나는 휘파람 불며
늦둥이 장미꽃밭으로 간다

촌놈 시인

별 볼 일 많은 서울
다시는 가기 싫다

교통은 복잡하고
매연은 자욱하다

서울 나들이에 짜증만 나고
행복이 사라져버렸다

별 볼 일 없는 기산리에는
맑은 공기가 있고
새소리가 들리고
솔 향기가 가득하다

행복이 가득하고
자연이 숨쉬는 곳
솔의 정원에서

시골 촌놈으로
계속 살고 싶다

2부

큰누나

천사들의 나팔 소리
누나를 인도한다

조금만
조금만 더

마지막 손을
놓지 못한다

하늘에서 가장 빛나는
큰 별이 된 누나

마음의 길을 열고
누나를 위해 기도한다

행복 배달부

아침마다
시詩 선물을 보내고 싶은
사람이 있습니다

늘
당당해 보이고
늘
웃고 있어서
아무런 근심도 없어 보이지만
외로움에 어쩔 줄 몰라
혼자 눈물 흘리는

나를 업어주고 키워준
어머니 같은 누나에게
마음 고운 그 사람에게
아침마다 시를 배달합니다

배웅

누나는 요단강을 건너고
나는 눈물의 강을 건넌다

부모 사랑 속에
서로 정을 나누고
함께했던 많은 날들

엄마 같은 누나
하늘나라 먼저 보내는 일
엄마 손을 놓친 아이처럼
눈물만 흐른다

안부를 묻다가

전화로 안부를 묻다가
별이 된 큰누나 이야기에
막내누나와
서로 떨어져 울었다

둘째누나와 형도
별이 되었다

언제나 함께였던 칠남매
하나둘 별이 되어
형제들을 떠났다

미국에 사는 셋째누나와
고향 충청도에 사는 남동생

꽃대 하나에
나란히 피어 있던 옥잠화
하나둘 지는 모습이
우리 형제를 닮았다

누나의 임종

누나는 웃으며 가고

나는 눈물로 보낸다

장례식장

장례식장은 삶과 죽음의 경계선
떠나간 사람을 그리워하고
살아남은 사람을 걱정한다

장례식장 풍경은
우리의 모습
우리 모두의 이야기

장례식장에서
자신의 죽음을 생각한다

기풍아, 밥 먹었니

기풍아, 밥 먹었니,
누나 목소리

가난한 집 칠남매 중 장녀로 태어난 누나

숟가락 수 줄이기 위해 시집간 누나

매일 전화로 안부 물어준 누나

누나는 요단강 건넜지만
귓가에 들리는 누나 목소리

사랑 꽃 두 송이

한 줄기 빛처럼
내 마음에 들어와
내 삶을 환하게 밝혀준
꽃 두 송이

함께한 시간은
언제나 설레고 행복해
너희 목소리
너희 미소
너희 모든 것이
나를 사랑으로 물들여

세상 모든 것을 다 주어도
사랑 꽃 두 송이를
대신할 수 없을 것 같아

너희와 함께라면
어떤 어려움도
이겨낼 수 있을 것 같아

사랑해
내 사랑 두 송이

부모와 자식

곁에 있으면
귀찮고

떠나고 나면
너무 보고 싶고

전화 목소리라도
듣고 싶다

애타게 기다려지는
전화 한 통

자식 자랑

팔불출처럼
자식 자랑한다

손자 사랑
손녀 사랑
자식보다 더 귀하다

주름진 얼굴에
그늘만 있다가

자식 자랑에
열 올리는 친구들

어머니 사랑

초사흗날
어머니는
멥쌀을 불려 방아를 찧었다

멥쌀 한 켜
팥고물 한 켜
시루떡을 했다

시루와 솥단지
김새지 말라고
멥쌀가루 물에 개어
손으로 꾸욱 눌러붙였다

장독대에서
새벽마다
기도하던 어머니

멥쌀 시루떡에는
어머니 모습이 어려 있다

빨간 고무통

커다란 빨간 고무통에
뜨거운 물을 받아
자식들을 목욕시키면서
추석 명절을 준비하셨던 어머니

두 팔 걷고 목욕시키는
어머니 손길은
묵은 때 벗기느라 바빴다

부엌 뒤편 광에 비친
뽀얀 얼굴의 아들

땀범벅 엄마의 얼굴
사랑으로 반짝인다

사는 재미

너는 네가 좋아하는 일을 하고
나는 내가 좋아하는 일을 한다

사는 재미가 좋다

사랑이 고픈 날

비를 맞아
송홧가루에 젖은 소나무
선머슴 같다

화사하게 핀 작약꽃도
비에 쓰러져버렸다

하루 종일 정원 식구들이
소낙비를 맞고 쓰러진다

사랑이 고픈 날
큰딸 부부의
점심 먹자는 소리

고팠던 사랑이
가득 차오른다

용돈

카톡—
카톡—
딸이 보낸 용돈이 들어왔다

딸이 주는 용돈은
작지만 소중한 선물

내겐 큰 기쁨과 위로를 주는
마음의 양식

딸이 커서 벌어온 돈이지만
아빠에겐 그보다 더 큰 가치

딸의 사랑과 정성이 담긴
진정한 선물

마음

마음은
하늘과 같지만
보이지 않는다

마음은
바람과 같아서
손에 잡히지도 않는다

그러나
마음은
빛과 같아서
어둠을 밝힌다

마음은
모든 걸 포용하는
호수와 같다

여행

돌아갈 곳이 있어
참 좋다

그곳에
기다려주는 네가 있어
더 좋다

3부

고급 취미

누구에게나 취미는 있다
부를 과시하는 골프
명품으로 치장하는 일
이것은 돈만 많으면
할 수 있는 일

돈이 많아도
할 수 없는 취미
깊은 사색을 통해
내 영혼을 꺼내보는 일

누구나 할 수 없는 취미
시 쓰는 일
맑은 영혼을 가진
순수한 사람들의 특권

시詩의 매력

시를 읽으면서

나는 웃고
나는 울고
나는 생각하고
나는 꿈을 꾼다

마음은 따뜻해지고
영혼은 행복해진다

삶

비우면 비울수록
현자賢者

채우면 채울수록
우자愚者

내 안에 있는 것들을
비우고 또 비우면
진짜 나를 만날 수 있다

복잡한 생각들을 비워내면
단순한 마음이 나타난다
비워내는 것이야말로
현자가 되는 길이다

단순한 삶을 사는 것
행복을 찾는 길이다

시詩가 써지지 않을 때

억지로 쓰려고 하지 않는다
잠을 많이 잔다
가끔 멍도 때린다

농사를 짓는다
호숫가를 걷는다
하늘을 본다
책을 본다

마음을 비운다
머릿속을 비운다
애쓰지 않고 그대로 둔다

새로운 곳에서
새로운 생각을 담는다

시인詩人이 되는 법

자연과 친구가 된다
사색을 친구로 둔다
고독과 친구가 되고
외로움을 벗 삼아
매일 자기반성을 한다
이 모든 것에 감사한다

늘 푸른 시인들

군송 시인의 시
아이들의 대모 아니랄까
사랑과 믿음으로 가득하고

거송 시인의 시
시골 농부 아니랄까
인생의 깊이와 울림으로 가득하고

송천 시인의 시
만년 소년 아니랄까
어린아이처럼 해맑고

취공 시인의 시
파일럿 아니랄까
하늘을 품고

혜송 시인의 시
아이 사랑에 푹 빠져 있더니
이제 제주 사랑에 푹 빠져 있다

늘 푸른 시인들
파주 문학의 거리 하늘에
무지개를 띄운다

나는 시인 안기풍

매달 백여 권의 시집이
별천지 만권당에 들어온다

서재에 가득한 수천 권의 시집
매일 만나는 시인들

별이 된 친구
꽃이 된 친구
우주가 된 친구
바람이 된 친구
막걸리를 좋아한 친구
담배를 좋아한 친구
여자를 좋아한 친구
산속으로 들어간 친구
바다로 간 친구

생각도
성격도
사는 곳도
살아온 시대도 제각각

수천 명의 시인이
광탄면 기산리
나, 시인 인기풍과 친구다

주말 아침

침대 위에서 뒹굴뒹굴
이리 뒤척 저리 뒤척

해는 창문 안으로 들어와
눈 장난 하는데
일어나기가 싫다
만사가 귀찮다
세상을 잊는다

침대 위에서
핸드폰 빼꼼 들여다본다

사람 냄새 나는 집

사람 사는 집에서는
사람 소리가 나야 한다

사람 사는 집에서는
웃음소리가 담장을 넘어야 한다

이야기가 있는 집
사람 냄새 나는 집
별천지 만권당으로
사람들이 모인다

첫 시화전

소나무 가득한 솔의 정원
시 향기로 가득하네

손에 손잡고
마주 보는 얼굴마다
봄바람 가득가득

한 구절에 사랑 하나
한 구절에 희망 하나

지친 마음
외로운 마음
걸음걸음 밝아지고
돌아가는 얼굴마다
웃음꽃이 만발하네

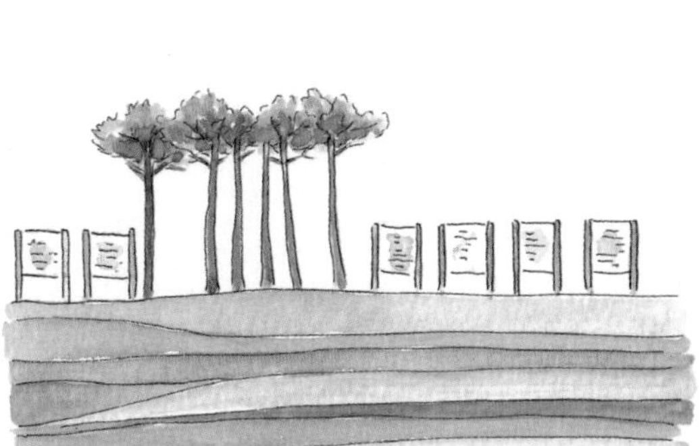

내가 가는 길

내가 가는
모든 곳이 길이 된다

처음부터 만들어진
길도 있지만

내가 가는 길은
언제나 새로운 길

호명산 애룡호수
파주 문학의 거리

원송이 만드는
새로운 세상 길

눈에게

내 눈아
육십여 년 고생 많았어

책을 많이 보거나
일을 많이 하면
너는 아파했었지

그러나 나를 위해
전 세계를 다니며
열심히 일해주었지

고난과 시련 속에
함께한 너

너를 소중히 여기지 못하고
너를 쉴 수 있게 해주지 못해서

정말 미안해
사랑해
고마워

구순 어르신 말씀하시길

가을은 인생이다

푸르른 잎이 낙엽 되어
뒹구는 것을 두고
인생이라 하시는 두 어르신

오백 살 팽나무 그늘 밑에서
구순 넘은 어르신들 대화는
죽음에 대한 것이다

어떻게 하면
잘 죽을 수 있을까
장기판 앞에 두고
고민하신다

되돌리고 싶은 것

화살 같은 세월
흘러가는 강물

이마에 주름살
늘어나는 뱃살

오늘 하루가
평생이 된다

보여줘

숨기지 말고 보여줘
너의 진심을 보여줘

내 마음이 너무 아파
너의 마음을 보여줘

다물고 오므린 너의 모습
활짝 열고 보여줘

네가 진심을 보여줄 때
내 마음과 통할 수 있지

벌과 꽃이 함께해야
사랑의 열매가 열리지

그런 사람이고 싶다

머리는 차갑고
가슴은 따듯한
그런 사람을 만나고 싶다

큰 나무 같은
편한 의자 같은
그런 사람을 만나고 싶다

아니, 내가 먼저
큰 나무 같은
편한 의자 같은
그런 사람이고 싶다

4부

막말을 들으면

밤 사이
검은 머리 흰머리 되고

하룻밤 사이
시름은 주름이 된다

상처

겉으로 난 상처에는
대일밴드 한 장

속으로 난 상처에는
사과의 말 한마디

우이독경牛耳讀經

하지 말라고 해도
미운 짓만 하는 사람

가만히 있어도
이뻐 보이는 사람

사람 관계는
참으로 알 수 없다

소귀에 경을 읽는
내 잘못을 생각해본다

약속

약속은
남과 하는 것

더 중요한 건
내 마음과
먼저 하는 것

걱정

무섭게 쏟아지는 장맛비
걱정의 물방울들이
마음을 적신다

번개가 치고
벼락이 떨어진다

늦은 장맛비가
단잠을 깨운다

공장과 창고
사무실과 집
모두 걱정으로
가득 차 있다

신뢰

33년 사업
기초는 신뢰다

상대에게
피해 주지 않기

한번 뱉은 말
반드시 지키기

강산이 세 번 바뀌어도
아직도 사업을 할 수 있는 건

상대에게
신뢰를 주었기 때문이다

수출 1

첫 수출 오더
첫 수출 대금 입금
인생이 바뀐 듯했다

젊은 패기 하나로
샘플 가방 하나에
세상을 품었다

홍콩과 미국 맨해튼을 누비며
제품을 알렸다

수출을 시작한 지 32년
다섯 평 회사는 수백 배 커졌다
세계 44개국을 다녔다

오늘도 40ft 컨테이너에
뜨거운 열정을 담아
세계로 수출한다

제조업의 꽃

나는 제조업의 꽃
전 세계를 누빈다

오늘도 큰 캐리어에
샘플 가득
카탈로그 가득
열정과 패기 가득가득 넣는다

내 손에서 탄생한 발명품들은
사람들의 삶을 윤택하게 한다

패기와 열정이 가득한 가슴
내 제품이 세계를
변화시킬 수 있다고 믿는다

나의 꿈을 이루기 위해
끊임없이 노력하고 도전한다

나는 오늘도 수출의 꿈을 안고
세계를 무대로 날고 있다

난기류

아악 —
비행기가 춤을 춘다

비명이 들린다
숨이 막힌다

온몸이 벌벌 떨린다
별별 생각이 다 든다

간이 콩알만해진다
심장이 멈추는 것 같다
등짝에 식은땀이 흐른다

잠깐의 난기류에
지옥을 경험한다

발명가

무에서 유를
창조한다

새로운 생각으로
신제품을 만든다

더 나은
미래를 보여준다

새로운 가능성으로
꿈꾸던 현실을 구현한다

발명가는
세상의 변화를 이끄는 사람
우리에게 희망을 주는 사람이다

수출 2

2023년 3월 중순
미얀마와 캐나다
올해 첫 수출이다

작년보다 좋지 않은 경기
높은 환율
원자재비 급등
해외 대리점 또한 힘들다

캐리어에는
회사 제품 카탈로그
컵라면, 고추장

듣도 보도 못한 나라
시장 개척은 힘든 여정

그러나 공장 앞마당 컨테이너에
회사 제품 가득 싣고
떠나는 것만으로도
배부르고 힘이 난다

감사

눈을 뜨면
하늘 바라보며
감사한다

육십여 년 세월
감사로 살아왔다

아프고 힘든 날
그 모든 날이
나를 성장시켰다

감사는 긍정의 힘
내 인생 밝게 만들었다

감사로 시작하는 하루
더없이 행복한 하루다

인생 소리

째깍째깍
방 안 가득 울리는 소리

쌓여가는 시간 속에
내 나이도 쌓여간다

이마에는 계급장
얼마 남지 않은 내 시간

지금 무엇을 하고 있나
지금 무엇을 위해 살고 있나
지금 무엇을 이루고 싶어하나

지금 내 인생의
가장 중요한 순간들
쿵쿵 쿵쿵 심장 소리
째깍째깍 시계 소리

언제 멈출지 모르는
두 소리

허공으로 날아가는
인생 소리

눈물 한 방울

지나온 세월을 돌아보니
눈물 반 기쁨 반

행복했던 순간도 있고
슬펐던 순간도 있다

모든 순간들이
삶의 흔적이 된다

한 발자국 떼기 어렵지만
아직도 꿈을 꾼다

나는 아직 젊다
나는 아직 할 수 있다

다시 한번 발걸음을 내디뎌본다

파스 한 장

아픈 곳을
파스 한 장으로
덮는다

언제 어디에서
다칠지 모르는
인생

모든 아픔
파스 한 장으로
나았으면 좋겠다

돌려다오, 내 청춘

심하게 주름진 옷은
다림질 한번이면
새 옷처럼 변한다

깊게 주름진 얼굴은
명품 다리미로도
다릴 수 없다

가만히 이마를
더듬어본다

지나온 인생길
어떤 다리미로
지울 수 있을까

원비—디

십 대부터 먹은
원비—디

피곤해서 한 병
맛있어서 한 병
생각나서 한 병

엄마 옆에서
침 꼴깍 넘어가던 기억

육십이 되어서도
원비—디

오늘도
원샷

■ 해설

언제든 시적 순간을 꿈꾸는 '시인 안기풍'

박완호/ 시인

그러니까 그 나이였을 때… 시가/ 나를 찾아왔다. 모른다. 난 그게 어디서 왔는지,/ 그게 겨울이었는지 강에서인지./ 언제 어떻게인지 나는 모른다./ 아니다. 그건 누가 말해준 것도 아니고 책으로/ 읽은 것도 아니며 침묵도 아니다.

— 파블로 네루다의 「시」에서

시인은 언제나 시적 순간에 서 있기를 꿈꾼다. 어떻게 생각하면 삶의 모든 순간을 시적 순간이라 할 수 있겠지만, 누구 할 것 없이 삶의 순간 대부분을 시와 무관하게 흘려보내는 것을 부인하기 힘들다. 언제, 어디서, 어떻게 나를 찾아올지 모르는 시적 순간을 고스란히 맞이하려면 시인은 자나 깨나 시를 꿈꾸면서, 매 순간 시와 함께하는 삶을 살아갈 수 있어야만 한다. 하지만 현실의 분주한 삶 속에서 그런 자세를 유지해간다는 것은 사실상 불

가능하다.

안기풍 시인은 신작 시집 『기풍아, 밥 먹었니』를 통해 일상의 삶에서 수없이 마주치는 시적 순간을 조금도 흘려보내지 않으려는 자기만의 시 쓰기 자세를 그대로 펼쳐 보인다. 언제 어디서든 시가 되는 순간을 기다리는 존재들과 정면으로 마주치고자 하는 그를 가장 가까이서 끌어당기는 공간은 바로 그의 정원이다.

비바람에 다칠까
세워주었던 지지대

세찬 비바람에
작약 너는 쓰러졌다

물로 씻기고
새로운 지지대를 세워주었다

정원에서
가장 돋보이는
꽃이 되었다

—「작약꽃」 전문

나는 이불을
덮고 자는데

꽃들도
잠을 자는가

이슬을 덮고 자는
꽃들은 춥지 않을까

—「밤에 꽃들은」 부분

시인의 또 다른 식구들이라 할 만한 정원의 꽃과 식물은 자연 사물을 마주하는 화자의 남다른 태도에 의해 독특한 시적 의미를 지니며 형상화된다. 비바람에 쓰러진 작약을 물로 씻기고 새로운 지지대를 세워줌으로써 정원에서 가장 돋보이는 꽃이 되게 하는 화자의 행위는 연약한 생명을 정성스럽게 대하는 지극한 사랑의 방식이다.

이불을 덮고 자는 나와 달리 "이슬을 덮고 자는/ 꽃들은 춥지 않을까"라는 표현에는 자식을 걱정하듯 꽃들을 대하는 깊은 연민과 사랑이 잘 묻어나는데, 여기서 '나'와 '꽃'은 '인간-자연 사물'의 일반적인 관계를 뛰어넘어 한 식구라는 특별한 연결고리를 형성하게 된다. 자기 주변에서 마주치는 작고 보잘것없는 사물 존재들을 '나'와 동등한 존재로 대하는 화자의 진심 어린 태도는 그만의 독특한 시 쓰기 방식으로 고스란히 이어진다.

정원에서 춤추는 나비
시인을 홀린다

나비는 하늘을 날고
시인은 날갯짓 한다

나비는 꽃을 부르고
시인은 시를 부른다

바람 따라
시詩 구절이 날아간다

—「나비와 시인」 전문

'나비-꽃, 시인-시'의 관계는 인간과 자연 생명을 이분화하지 않으면서, 삶이 어우러지는 공간과 시가 태어나는 세계를 동일시하는 시인 특유의 상상력을 바탕으로 '나비=시인, 꽃=시'의 관계로 변화되어 나타난다.

안기풍 시인에게 삶의 주변에서 마주치는 여러 꽃은 연민과 배려의 대상에 그치지 않고 "붉은 노을이 내릴 때/ 다시 한번/ 나를 유혹"(「하얀 작약꽃」)하는 존재, 사랑의 대상 등 다양한 맥락을 띠며 형상화된다. 화자는 "나만 사랑해달라고/ 꽃에게 고백"하면서도 "오늘은 스칼릿/ 내일은 안젤라// 매일 만나도/ 둘이 다 너무 좋다"(「꽃 바람둥이」)라는 딴마음을 품고 살아가는 '꽃 바람둥이' 같은 존재로 하나하나의 꽃을 향해 다가서는 것이다.

누구에게나 취미는 있다

부를 과시하는 골프
명품으로 치장하는 일
이것은 돈만 많으면
할 수 있는 일

돈이 많아도
할 수 없는 취미
깊은 사색을 통해
내 영혼을 꺼내보는 일

누구나 할 수 없는 취미
시 쓰는 일
맑은 영혼을 가진
순수한 사람들의 특권

—「고급 취미」 전문

「고급 취미」는 안기풍 시인이 생각하는 시 쓰기의 본질과 그가 지닌 시인으로서의 자부심을 여과 없이 드러내 보인다. 그에게 시를 쓴다는 것은 "돈이 많아도 할 수 없는" 자기만의 '고급 취미'로서 "깊은 사색을 통해/ 내 영혼을 꺼내보는 일"이며, "맑은 영혼을 가진/ 순수한 사람들의 특권"으로 "누구나 할 수 없는" 특별한 일이다. '업業'으로서의 시 쓰기가 아닌 '고급 취미'로서의 시 쓰기에 대한 독특하고도 겸허한 인식은 그가 어떤 것에도 집착하지 않고 시적 대상에 자유롭게 다가서고 멀어지는 자리에 설 수 있는 바탕을 형성해준다.

「시인詩人이 되는 법」에서 보듯, 그에게 시인이 된다는 것은 '자연과 친구가 되고, 사색을 친구로 두고, 고독과 친구가 되고, 외로움을 벗 삼아 매일 자기반성을 하며, 이 모든 것에 감사'하는 삶을 살아가는 일과 다르지 않다. 그러한 마음가짐은 그를 누구보다도 특별한 시인이 되도록 한다.

억지로 쓰려고 하지 않는다
잠을 많이 잔다
가끔 멍도 때린다

농사를 짓는다
호숫가를 걷는다
하늘을 본다
책을 본다

마음을 비운다
머릿속을 비운다
애쓰지 않고 그대로 둔다

새로운 곳에서
새로운 생각을 담는다

—「시詩가 써지지 않을 때」 전문

매달 백여 권의 시집이
별천지 만권당에 들어온다

서재에 가득한 수천 권의 시집
매일 만나는 시인들

별이 된 친구
꽃이 된 친구
우주가 된 친구
바람이 된 친구
막걸리를 좋아한 친구
담배를 좋아한 친구
여자를 좋아한 친구
산속으로 들어간 친구
바다로 간 친구

생각도
성격도
사는 곳도
살아온 시대도 제각각

수천 명의 시인이
광탄면 기산리
나, 시인 인기풍과 친구다

—「나는 시인 안기풍」 전문

온갖 집착의 굴레를 벗어던지고 자유로워진 그는 언제 어디서나 시적 순간을 경험할 수 있게 되고, '억지로 시를 쓰려고 하지' 않아도 시를 쓸 수 있는 지점에 이르게 된다. 농사를 짓고, 호숫가를 걷고, 하늘을 보고, 책을 보며, 잠을 많이 자고 가끔은 멍도 때려가며 마음을, 머릿속을 비우면서 무엇도 애쓰지 않고 그대로 두고도 어느 순간 "새로운 곳에서/ 새로운 생각을 담는" 시 쓰기의 경지에 다다르게 되는 것이다. 그러한 '비움→생성'의 역설적 깨우침은 매 순간 시와 더불어 살아온 '별천지 만권당'의 주인에게 주어진 행복한 선물이라 할 만하다. 매달 백여 권의 시집이 들어오는 '별천지 만권당'의 서재에 가득한 수천 권의 시집을 통해 그가 매일 만나는 시인들은 "생각도/ 성격도/ 사는 곳도/ 살아온 시대도 제각각"이지만 그들 "수천 명의 시인이/ 광탄면 기산리/ 나, 시인 안기풍과 친구"라는 것을 깨달으며, 그는 자신 또한 그들과 마찬가지로 자기만의 시를 쓰는 제각각의 수많은 시인 가운데 하나인 '시인 안기풍'이라는 특별한 존재임을 자각하는 것이다.

아침마다
시詩 선물을 보내고 싶은
사람이 있습니다

늘
당당해 보이고

늘
웃고 있어서
아무런 근심도 없어 보이지만
외로움에 어쩔 줄 몰라
혼자 눈물 흘리는

나를 업어주고 키워준
어머니 같은 누나에게
마음 고운 그 사람에게
아침마다 시를 배달합니다

—「행복 배달부」 전문

천사들의 나팔 소리
누나를 인도한다

조금만
조금만 더

마지막 손을
놓지 못한다

하늘에서 가장 빛나는
큰 별이 된 누나

마음의 길을 열고

누나를 위해 기도한다

—「큰누나」 전문

'시인 안기풍'에게는 "아침마다/ 시 선물을 보내고 싶은/ 사람이" 있는데, 그이는 바로 "나를 업어주고 키워준/ 어머니 같은" 큰누나이다. "늘/ 당당해 보이고/ 늘/ 웃고 있어서/ 아무런 근심도 없어 보이지만/ 외로움에 어쩔 줄 몰라/ 혼자 눈물 흘리"던 큰누나는 어느 날 "천사들의 나팔소리"의 인도 따라 저세상으로 떠나가고 말았다. 살았을 적 누나의 모습을 떠올리며 지금은 "하늘에서 가장 빛나는/ 큰 별이 된 누나"를 위해 '마음의 길을 열고 기도하는' 화자에게 있어 시 쓰기는 '삶-죽음'으로 인해 단절된 두 세계를 연결하는 소통으로서의 의미를 지닌다. "누나는 요단강을 건너고/ 나는 눈물의 강을 건너"(「배웅」)고 있지만, 살았을 때 그랬듯 누나가 세상을 떠난 후에도 아침마다 시 선물을 보내주는 마음으로 매 순간 시를 놓지 않는 그에게 시를 써가는 일은 사랑하고 그리워하는 존재를 느낄 수 있게 해주는 행복한 길이 되어주는 것이다.

기풍아, 밥 먹었니,
누나 목소리

가난한 집 칠남매 중 장녀로 태어난 누나

숟가락 수 줄이기 위해 시집간 누나

매일 전화로 안부 물어준 누나

누나는 요단강 건넜지만
귓가에 들리는 누나 목소리

—「기풍아, 밥 먹었니」

단절된 두 세계를 이어주는 힘을 지닌 시 쓰기를 통해 화자는 "요단강을 건넜지만/ 귓가에 들리는 누나 목소리"를 들을 수 있게 된다. 너나없이 가난했던 지난 날 "숟가락 수 줄이기 위해 시집간 누나"가 "매일 전화로 안부"를 물었듯, 저세상에서도 "기풍아, 밥 먹었니" 하며 '나'를 걱정해주는 고맙고 그리운 누나가 있는 곳까지 시를 배달할 수 있게 된다.

그렇듯 안기풍 시인에게 시란 단절된 두 세계를 잇는 소통의 매개이자 그리움의 결실이며, "혼자 있고 싶은데/ 나는/ 혼자 있고 싶은데"(「혼자 있고 싶을 때」)라고 되뇌면서 "둘이어도 셋이어도/ 혼자 가는/ 인생길"(「외로움」)을 뚜벅뚜벅 걸어가는 그의 삶을 더욱 풍요롭고 가치 있는 길로 이끌어가는 원동력이다.

무에서 유를
창조한다

새로운 생각으로
신제품을 만든다

더 나은
미래를 보여준다

새로운 가능성으로
꿈꾸던 현실을 구현한다

발명가는
세상의 변화를 이끄는 사람
우리에게 희망을 주는 사람이다

—「발명가」 전문

그런 그에게 그의 또 다른 정체성이라 할 수 있는 '발명가' '사업가'로서의 삶 또한 시 쓰기와 일맥상통하는 의미와 가치를 지니는 것으로 여겨진다. '무에서 유를 창조'하고 '새로운 가능성으로 꿈꾸던 현실을 구현'하는 발명가가 '세상의 변화를 이끌고', '우리에게 희망을 주는 사람'이듯, 시인 또한 별반 다르지 않은 존재임을 그는 여러 작품을 통해 꾸준히 노래해오지 않았던가? "오늘도 수출의 꿈을 안고/ 세계를 무대로 날고 있는"(「제조업의 꽃」) 그의 말 그대로 '제조업의 꽃'인 그는 "내가 좋아하는 일"을 하며 이 순간도 '사는 재미'(「사는 재미」)를 느끼는 중이다.

지금 무엇을 하고 있나
지금 무엇을 위해 살고 있나

지금 무엇을 이루고 싶어하나

지금 내 인생의
가장 중요한 순간들
쿵쿵 쿵쿵 심장 소리
째깍째깍 시계 소리

언제 멈출지 모르는
두 소리
허공으로 날아가는
인생 소리

—「인생 소리」 부분

"방 안 가득 울리는" 시계 소리를 들으며 "쌓여가는 시간 속에 내 나이도 쌓여"가는 것을 느끼는 화자는 언제 멈출지 모르는 '심장 소리'를 "허공으로 날아가는 인생 소리"(「인생 소리」)로 새기며, 인생의 가장 중요한 순간인 '지금'을 누구보다도 치열하게 살아가고자 마음먹는다.

이 시집은 손에 잡히지 않는 아름다운 무언가를 좇아 쉼 없이 시를 꿈꾸며, "한 발자국 떼기 어렵지만/ 아직도 꿈을 꾸"(「눈물 한 방울」)려는 마음을 접지 않고, 자기 삶의 모든 순간을 시와 함께 살아가고자 애쓰는 '시인 안기풍'의 한결같은 마음이 빚어낸 뜻깊은 결실이다.

기풍아, 밥 먹었니

지은이_ 안기풍
펴낸이_ 조현석
펴낸곳_ 북인
디자인_ 푸른영토

1판 1쇄_ 2023년 12월 01일
출판등록번호_ 313 - 2004 - 000111
주소_ 121 - 842 서울 마포구 서교동 460 - 34, 501호
전화_ 02 - 323 - 7767
팩스_ 02 - 323 - 7845

ISBN 979-11-6512-084-9 03810

책값은 뒤표지에 있습니다.
저자와 협의 아래 인지를 생략합니다.